—Eso no parece muy divertido —dijo Oso.

—Pero lo es —dijo Plumas—. Vamos a mirar el reloj y, cuando las dos manecillas señalen las doce, ¡será Año Nuevo! Entonces nos daremos un beso.

Oso pensó durante un momento.

—Si quieres te puedo dar un beso ahora por si estoy demasiado cansado a las doce —dijo.

—No, Oso —negó Plumas—. Tenemos que esperar a las doce.

Oso y Plumas terminaron las manzanas y salieron a pasear. Dieron un paseo larguísimo a la orilla del lago hasta que se puso el sol.

Cuando volvieron a casa, ya era de noche.

Oso se sentó en su sillón y miró el reloj.

Las nueve. Bostezó. Ya estaba cansado. ¿Cómo iba a aguantar despierto hasta las doce?

—Vamos a hacer un rompecabezas —sugirió Plumas.

Así que se sentaron en el suelo y empezaron el rompecabezas. Al cabo de un rato, Oso se levantó y miró el reloj. Las diez.

"Ay, ay, ay", pensó.

—Oso, ¿dónde va esta pieza? —preguntó Plumas.

—¡FELIZ AÑO NUEVO!
—gritaron Plumas y Oso a la vez. Se
olvidaron del rompecabezas y se dieron
un beso muy grande.

Después fueron hasta la puerta y
la abrieron. Oso se quedó mirando el
cielo, las estrellas y la luna brillante del
año nuevo.

—¡Plumas, mira! —dijo Oso
suavemente.

Pero estaba hablando solo, Plumas se
había quedado dormida. Había cerrado
los ojos y no los abrió hasta que salió el
sol por la mañana.

El espejo

Un día, Oso estaba cavando en el jardín. Encontró una cosa plana, redonda y brillante. Oso la levantó con su pala. La agarró con su pata y le quitó la tierra.

—¡Plumas! —llamó—. ¡Mira lo que acabo de encontrar!

Plumas voló hasta el hombro de Oso. Estiró el cuello y miró el círculo brillante.

—¡Oso! —dijo—. ¡Soy yo!

Oso, mirando el objeto, corrigió.

—No, Plumas —dijo—. Soy yo.

Oso y Plumas se miraron y después volvieron a mirar el círculo.

—Oso —dijo Plumas—, somos
nosotros.

—Sí —confirmó Oso
lentamente—, pero estamos al revés.

De pronto, a Oso le dio miedo. No quería verse al revés.

—Guárdalo, Plumas —dijo—. No lo necesitamos.

—¡Pero es muy útil! —replicó Plumas—. Me sirve para ver si tengo restos de espagueti en el pico.

—Eso, si quieres, te lo puedo decir yo —dijo Oso.

—No es lo mismo que verlo yo misma, Oso —contestó Plumas.

A Plumas le gustaba mucho lo que Oso había encontrado en el jardín.

Lo lavó en el fregadero y lo puso a secar al sol. Después lo colgó con un clavo en la pared.

Volvió a mirarse con la cabeza
de lado. Se miró los ojos y el color
plateado de sus alas.

—Yo no pienso mirarme jamás
—declaró Oso observando a Plumas.

Ese mismo día, un poco más tarde, Oso

pasó por delante del círculo brillante.

Se detuvo durante un momento.

Parpadeó.

—¡Hola, Oso! —dijo en voz alta.

Después salió corriendo por la puerta

todo lo rápido que pudo y fue hasta el

arenero que había debajo del limonero.

—La verdad es que… —dijo
moviendo los dedos de los pies en la
arena—, ¡soy un oso muy guapo!

El cumpleaños de Oso

Era el cumpleaños de Oso.

Estaba en el jardín, haciendo el pino.

—Oso —dijo Plumas—, ¿qué haces?

—Hoy es mi cumpleaños —contestó
Oso—. ¿No te acuerdas? Eso quiere
decir que puedo hacer lo que quiera. Y
quiero estar al revés. ¡Mírame!

Plumas miró. A ella también le habría
gustado estar al revés.

Oso se puso de pie.

—Ahora quiero hacer otra cosa —dijo.

—¿El qué? —preguntó Plumas.

—¡Quiero hacer mucho ruido!
—contestó Oso. Sacó una bolsa de papel
que llevaba en el bolsillo. Sopló para
llenarla de aire y la aplastó con su garra.
¡BANG!

—¡Ay! —exclamó Plumas.

—Ahora quiero jugar a un juego —dijo
Oso—. ¡Vamos a jugar a las adivinanzas!

—Muy bien —aceptó Plumas—. Me
encantan las adivinanzas.

—¿Qué es grande y redondo y
empieza por la letra Mmmmmmmmm?
—preguntó Oso.

Plumas pensó.

—¿Una manzana?

—No —contestó Oso.

—¿Una montaña?

—No —dijo Oso—.
¿Te rindes?

—¡Un globo amarillo! —Oso se rió y empezó a dar saltos.

—Pero Oso… —empezó a decir Plumas—, eso no es…

—¿A que era una adivinanza muy difícil? —dijo Oso—. ¿Quieres que te diga otra?

—No —contestó Plumas. Movió las
alas con fuerza y se fue volando hasta
el tejado.

—Plumas —dijo Oso mirando hacia
arriba—, baja y juega conmigo.

—No quiero —replicó Plumas.

Oso la observó.

—Plumas —dijo—, ¿estás llorando?

Plumas no contestó.

—No deberías llorar —dijo Oso—. Vas a estropear mi cumpleaños.

Oso se sentó en un escalón. Plumas se sentó en el tejado. Se quedaron así un buen rato. Y otro rato. Y otro más.

Por fin Oso se levantó.

—Plumas —dijo—, ¿quieres ayudarme a soplar las velas de mi tarta de cumpleaños?

Plumas bajó volando del tejado.

—Sí —contestó.

Oso sacó la tarta. Estaban todas las velas encendidas.

Oso y Plumas las soplaron. Plumas tardó mucho porque, como es pequeña, sopla muy poco aire, pero ya no estaba llorando.

Después Oso cerró los ojos y pensó un deseo porque, al fin y al cabo, era su cumpleaños.

—¿Qué pediste, Oso? —preguntó Plumas.

—¡Todo! —dijo Oso—. ¡Lo pedí todo!

Oso se pierde

Oso siempre perdía sus cosas.

Perdía su sombrero.

Perdía sus lápices.

Siempre perdía sus calcetines.

Ese día hacía mucho viento. A Oso le encantaba el viento. Se puso su abrigo azul y su bufanda y gritó:

— ¡Adiós, Plumas! ¡Me voy de paseo!

Normalmente Oso y Plumas paseaban
juntos. Pero como ese día hacía tanto
viento, Oso quería pasear solo.

Paseó hasta el lago.

Vio cómo el viento hacía olas en el agua y cómo las hojas salían volando por el cielo. Abrió la boca y dejó que entrara el aire dentro.

Eso le hizo reír y empezó a correr.

Corrió de un lado a otro con los

brazos abiertos.

Se tiró al suelo y se quedó quieto,

jadeando, con los ojos cerrados.

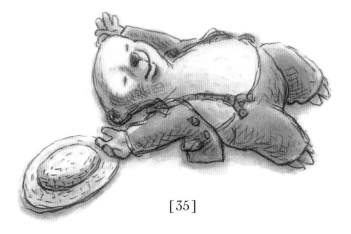

Al cabo de un rato se sentó y miró a
su alrededor. Estaba en un campo de
hierba con flores, en una loma.

"No sé dónde estoy —pensó—.
¿Estaré perdido?"

Oso bajó la loma rodando como si
fuera un barril.

Al detenerse se sintió muy mareado. Se
volvió a reír. "Creo que no estoy perdido
—concluyó—. No me siento perdido.
Si estuviera perdido, estaría triste. Me
sentiría solo. A lo mejor hasta lloraría".

Pero Oso sí estaba perdido. Se hizo
de noche y, como Oso no había vuelto
a casa, Plumas salió a buscarlo. Voló
por aquí y por allá con una pequeña
lamparita colgada al cuello.

Por fin lo encontró.

— ¡Oso! —gritó Plumas—. ¡Ahí
estás! ¿Estabas perdido?

— Creo que sí —dijo Oso.

Oso se puso muy contento porque
Plumas lo había encontrado. Siguió
la luz de la lamparita en medio de la
noche hasta llegar a su casa.

Muchas veces pensaba en el día
que hizo mucho viento y se perdió.
Recordarlo le hacía feliz.

Había sido un día muy especial.

El sueño de Plumas

El día de Nochebuena, Plumas tuvo
un sueño muy raro.

Soñó que era la paloma de un mago.

El mago tenía un sombrero negro y
una capa negra.

Iba a hacer un truco de magia y
abrió una jaula. Entonces Plumas salió
volando y se posó en su manga.

—¡Abracadabra! —gritó el
mago—. ¡Voy a hacer que este pájaro
desaparezca!

Movió su varita mágica. Se oyó un
ruido y apareció una nube de humo.

¡Y Plumas desapareció!

Apareció en la copa de un árbol muy alto, en medio de la noche. Todo estaba muy tranquilo y en silencio. En el cielo solo había una estrella. No se veía al mago por ninguna parte, pero Plumas sentía la magia a su alrededor.

La estrella empezó a brillar más fuerte.

"¿Qué es ese ruido?", se preguntó Plumas. Oyó unos chasquidos, como si fueran cientos de alas aleteando.

Miró hacia el suelo que estaba muy abajo. Vio animales y personas que se movían en la oscuridad. La estrella brilló más fuerte y se levantó un poco de viento.

Plumas oyó unas voces cantando y después un pequeño grito de algo muy pequeño.

"Oh —murmuró Plumas—. Debo ir volando a ver qué es".

Saltó desde el árbol y voló en la noche.

Entonces Plumas se despertó en su habitación. ¡El corazón le latía con fuerza!

Estiró las alas. Eran marrones y pequeñas, no grandes y blancas. No era una paloma en la copa de un árbol enorme. Era Plumas.

Oso abrió los ojos.

—¿Qué ocurre, Plumas?

—preguntó—. ¿Qué ha pasado?

—Ay, Oso —exclamó Plumas volando

hasta su pata—. Oso, ya es Navidad.

Sobre la autora

Ursula Dubosarsky es una de las escritoras australianas para niños con más talento y originalidad. Sus obras se publican en todo el mundo y ha ganado muchos premios literarios de prestigio. Las historias de Ursula sobre "*Oso y Plumas*", con sus temas universales de amistad y atención hacia las cosas cotidianas, son las favoritas entre sus jóvenes lectores.

Puede descubrir más sobre Ursula y sus libros en *www.ursuladubosarsky.com*

Sobre el ilustrador

Ron Brooks es un artista de gran prestigio que ha estado ilustrando libros para niños durante alrededor de treinta años. Ganador de innumerables premios, sus obras incluyen clásicos australianos como "*The Bunyip of Berkeley's Creek*" y "*John Brown, Rose and the Midnight Cat*", ambos escritos por Jenny Wagner, así como también "*Old Pig*" y "*Fox*", por Margaret Wild.

Los dibujos tiernos y conmovedores de Ron en las historias de "*Oso y Plumas*" reflejan su extraordinaria habilidad para explorar las emociones y sensaciones de los más pequeños.